蓝田日暖玉生烟

刘纪胜/著

天津出版传媒集团
天津人民出版社

图书在版编目（CIP）数据

蓝田日暖玉生烟 / 刘纪胜著. — 天津 ：天津人民出版社, 2020.1
ISBN 978-7-201-15548-7

Ⅰ. ①蓝… Ⅱ. ①刘… Ⅲ. ①诗集－中国－当代 Ⅳ. ①I227

中国版本图书馆 CIP 数据核字 (2019) 第 280589 号

蓝田日暖玉生烟
LANTIAN RINUAN YUSHENGYAN
刘纪胜　著

出　　版　天津人民出版社
出 版 人　刘　庆
地　　址　天津市和平区西康路 35 号康岳大厦
邮政编码　300051
邮购电话　（022）23332469
网　　址　http://www.tjrmcbs.com
电子信箱　reader@tjrmcbs.com

责任编辑　谢仁林
装帧设计　凤凰树文化

制版印刷　天津雅泽印刷有限公司
经　　销　新华书店
开　　本　880 毫米 ×1230 毫米　1/32
印　　张　7.75
字　　数　114 千字
版次印次　2020 年 1 月第 1 版　2020 年 1 月第 1 次印刷
定　　价　48.00 元

卷首语

此卷系古体诗探索系列第四集。前三集依次为《潮涨潮落云卷云舒》《风尘几度红》《荷塘烟雨总如梦》。

我写古体诗是从 2000 年前后开始的。一开始是为一些画展和影展作品题诗配诗。后来，为了扩大题材，便有意识地在网上收集古今中外名画作品和当代摄影家的、自认为有内涵并能激发个人创作灵感的作品，在其引领或启发下写作，或参照画面延伸写作。

我写古体诗的要求是：精练、整齐、基本押韵，不严格追求格律，但尽量讲求内韵律。关于题材和内容，我试图用古体诗的形式尽量反映现实生活的更多方面。我的古体诗探索侧重写人物，尤其是男女间的恩爱情仇和女性的情感世界及内心世界。这是个艰难的领域，能参照的东西很少，总感觉是在向自己挑战，是在漫无边际的森林里跋涉。在这条路上，经过了多少艰辛和有多少收获只有自己知道。

我们中华民族的古典诗词文化就像浩瀚无边的白桦林，我徜徉其中，兴奋着、欣赏着、享受着，并滋养着自己。

我像一个孩童似的在这条路上向前走，探寻着每一点儿真纯，欢喜着每一片葱绿，凝视着每一缕光辉与明丽！

刘纪胜

2019 年 8 月 14 日

第一辑　荷塘烟雨　/001

第二辑　意缠绵　/057

第三辑 团扇美人 /091

第四辑　青花瓷　/149

第五辑　世相百态　/167

第一辑

荷塘烟雨

荷塘烟雨

荷塘烟雨绘新愁，翠叶风折花始皱。
空涂满眼胭脂色，依旧春风付水流。

花姑吟

叶在水上漂，花在叶上红。
风开浅帏帐，蜂采柱头精。
每每香如此，荷池频上映。

调寄小桥头

倒映白檐房，桥畔水悠悠。
霏雨刚停歇，莲香色更稠。
缠绵心绪处，不见故人留。

雨　中

漫天飞雨人影孤，桃花滴泪照红庐。
脚踏野潦全不觉，水洗乌头风卷衣。
一缕香心向何处？人不见时总迷离。

山村三月

三月黄柳染农家，雁阵遥遥断天涯。
拱桥照映南溪水，凭栏人似粉桃花。

御园咏叹

白玉栏桥几折通？雕楼檐窗纳古风。
荷塘飘满胭脂气，不闻厅堂歌舞声。

稻乡即景

五月岭南轻烟笼，清溪见底数鱼虫。
蛙鼓声声入心田，衣衫出没绿海中。
采片嫩叶细细读，清风明月皆好梦。

桌台一幅画

桌台一幅画，门前半垅田。
咋种自己说，无须谁争辩。
白昼飘彩云，夜黑戏深潭。
幡然成仙子，无人能监管。

万仞之上

大山万仞云蒸浮，自古上山一条路。
亦尊亦险亦风光，不见烟底众百庐。
书院厅前松一棵，不想清高亦孤独。

荷塘软风

一池荷花雨，半帘幽春梦。
欲许陶三郎，心思尚无定。
借此晓风好，再理鸳鸯情。

落日霞红

落日霞红如血色，百草苍茫尽诉说。
曲径没入天灰远，留下寓意人琢磨。

香洲岛

碧波洗净香洲岛，大野无声听知鸟。
一头乌发巧打扮，九段身材最姣好。
妆成不发是满月，一湖圣水漫过桥。

桃子熟了

烟柳河畔暖风轻，西堤头上泛香浓。
举臂欲摘红桃果，早有红桃先送人。

厚厚的高粱秸

盛夏已至风不歇，打麦场上厚粱秸。
脱红无需找缘由，到处池塘养圆鳖。

星星草

艳阳下，绿藏娇，满山青葱不见道。
花半红，人不觉，误闯世界成羊羔。
恰一株，天远陌头星星草。

唐宁街的马车

唐宁街上马蹄声，人在春风自走红。
啥物包装长牛市，胶轮铁轮两轻盈。

天工一笔

天工一笔写春秋，压压人蚁水间稠。
相近知是情缘好，镜头推远无生熟。
权作天涯一幅画，共赏共享共风流。

芦荻花开

弯道山前罩雾岚，仲秋荻草叶蓬翻。
芦花开得如散雪，人在野陌心初寒。

三更梦

夜色朦胧人半醒，薄纱透尽两不惊。
曲柳微斜呈醉意，半真半假是此情。

新　芽

向天槌，向天槌，不服折回看翠微。
冷凝眸，冷凝眸，难破红尘难穿水。
你个能气谁？
一棵芽儿刚出土，不晓世上风多回。

天人合一

玉米清芬碧叶垂，香膏塑出百媚归。
谁为仙境击一掌？天人合一赏翠微。

碧波仙子

荷叶翻翻翠意浓，荷苞莲子正充盈。
红绢细裹藏雪脂，碧波仙子采丰菱。

预 演

蓬荜生辉落地窗，飞燕双双入殿堂。
轻弄一池潇湘水，欲试来日热与凉。
无奈世事难预料，明日歌吟明日唱。

后窗开启

轻推窗棂心游移，红树花芯正私语。
月门打开透视镜，一缕软风无名起。
二尺板桥通假山，水中笃定有银鱼。
举目南墙白如雪，疏影摇曳是迷离。

竹　韵

翠皮青竹雨疏落，飞云薄雾日如锣。
细数叶上珠点点，无语之处思多多。

怜　惜

郊野公园小道弯，阳伞不离护花难。
偶见路旁姹紫少，蓝天流火蕊半蔫。
怜惜之心油然起，两行泪珠沾衣衫。

临海的屋

大海湛蓝芭蕉绿，遮阳窗下影迷离。
轻风撩动香衣舞，谁人梦里正依昵？

大野如初

山野无人迹，小河独一舟。
岚烟描淡影，浅水赏鱼休。
天工开新物，老翁变童流。

荷池风景

拱桥曲曲水清清，晓荷翻叶新蕾红。
蜻蜓不解人间事，飞入烟花充风景。

远　村

远村灰瓦岫云轻，栅栏曲曲道如绳。
偶闻狗吠难分辨，人语鸡鸣共烟笼。
一幅油画悬几代，生生息息在其中。

清水湾狂想

桃分两侧一样红，乌丝垂下柳河浓。
水中有鱼谁知道？奈何桥上起大风。

曲线弯弯

三折柳阴暗，浸浸玉河弯。
画出曲线美，渡向蓝桥边。

空谷流泉

微波荡漾水洗花，空谷流泉没底下。
攫取粉脂正当时，春叶柔软复细滑。

观　景

鱼戏浅水蝶戏花，东湖石畔依紫佳。
轻捏团罗小扭腰，观景人落观景家。

一枝梅

不随大流小弄风，独上一枝看梅红。
盘紧初雪雕玉碧，蛾眉照映绿波中。

秋　意

清风绘沙丘，涟漪雕河岸。
金树含秋意，碧水似心潭。

虚空花鸟

起于洪波没入云，翠鸟红花对笑频。
漫天蒸蒸似氤氲，若有若无两纷纷。
如画绘在纸幅上，如魂萦绕吾衷心。

夜幕之下

西天余晖落池中，万籁俱寂似入梦。
何处飞来鸟一只，涟漪无尽若惊鸿。

照　映

一条曲径到溪边，三根柳木做桥船。
天边水末流清碧，照映春桃好容颜。

漫天微雨

漫天微雨湿绡香，燕子捉虫自欢忙。
落英纷纷无人惜，捡起一枝凄慌慌。

夜冷香泥

弯月已偏西，天远冷却泥。
虎皮滑地上，禅佛笑嘻嘻。
蟾宫桂花香，尘世多痴女。

中秋对月

幽空夜正深，草莽傍秋林。
风吹浮云散，梦幻不留人。
对月如对镜，照人更照魂。

曲　径

偶得一幽处，辗转渐入怀。
两侧楼台上，谁家茉莉开？
一曲《朝相送》，久久留云台。
移步欲离去，不知何方来。

无　题

猫弄线团人弄纱，昏昏迷迷共一家。
丝带难撑春桃满，池里池外皆鱼虾。

水仙初露

一方水，四空烟，碧草青青没其间。
卷起红罗衣，露出玉浑肩。
羞目一时不忍睹，此乃哪路神仙？

天　工

百般霓虹成光影，倒映如画浑如梦。
躲进蓝屋成一体，任其流华任其从。

过河

水流花开草青青，赶趁东风过楚城。
岸上衣饰人各异，一朝卸去更朦胧。
谁为谁减荷？谁为谁持重？
默默在心头，一河水融融。

怡园梦境

微雨轻雾方砖裁，入得怡园梦境开。
绿窗灯火痴如醉，两侧青竹粘襟怀。
待到醒时欲离去，不晓人从何处来。

秋　晨

秋末霞红烈如焰，芦花开遍西河滩。
鹭鸟翻飞成魂灵，谁悬此景在眼前？

深涧清流

深沟玉叶两岸翠，香脂如泥满眼花。
入水引得鱼争游，出水倾倒万千家。

翠鸟惊秋

一阵秋风一场寒，莲蓬垂落枝荷残。
几日不见美景去，惊得翠鸟疑神看。

秋景秋意

秦转汉垛横空过，两岸深树共婆娑。
艳阳斜照涂七彩，水中游鱼慢诉说。
隔断红尘多少里，只差婀娜一红罗。

秋之享

叶黄秋之色，水幽秋之乐。
扁舟秋之梦，野渡无人过。

荷塘夜色

百顷荷塘飘莲灯，西湖幽水倒映红。
心事各各胸中匿，男子神台不转睛。
半真半假半迷茫，此处何时是清明？

白鹅入水

白鹅入水绸，涟漪复悠悠。
谁悬狼毫笔，点青此自由？

一场秋风

枝上无红地上凉，一场秋风满目光。
昨日欢歌哪去了？唯余大地空茫茫。

芬芳未饮时

何处枝头一朵花？红罗斜披双眉下。
圆轮托起蛮腰好，清风明月正野洼。

郊野速描

远处山峦轻烟笼，近里野花争放红。
曲径数米足不见，溪水遁入深树中。
欲随啼声觅知鸟，满眼浓密一般同。

枯榕含悲

千年巨榕一日枯，仍含香雪作画图。
可惜荒野无人见，只剩啼鸟留飞弧。

向　海

几时狂涛冲上岸？干涸滩头卧灰岩。
往昔弄潮啥滋味？望眼碧波白浪翻。

仙人洞

穹顶滴露两侧苔，泉水叮咚天上来。
一尊竞伎花前卧，莫管红尘万事哀。

雨后芳田

雨后阔叶翠无边，疑是轻烟非轻烟。
故弄骚首半掩低，一池琼浆早注满。

林深花自幽

林深鸟雀无觅处，留得野花独自幽。
伐倒千年树更贵，猎获纯真胜似金。

拢尽桃绯

艾菲尔塔入云端，不及塞纳一楼兰。
拢尽桃绯好腰色，万众人前共一眼。

公主河

公主河水流经年，粼粼清波卵石见。
绢纸半遮芙蓉色，酥手入流风缓缓。

离得松涛试闻香

离得松涛始无风，南天白月一样明。
抬头始见红蕾好，才试花香便不同。

崇尚之梦

碧波万倾绿一丛，白色门楼塔尖顶。
扁舟静候玉阶下，轻唤郎君只一声。

桃花源

曲线耕出画几垄？高低虚实迷可卿。
酥手折回点心月，满坡桃花正火红。

天鹅湖解读

天鹅湖里总无水，天鹅翩翩却总飞。
红尘好梦难兑现，移作台上继续追。

初　蕾

花萼翠如玉，粉瓣粘珠痕。
盈盈刚初露，已致君子昏。
今朝不赐我，他日无绝伦。

天工韵色

温柔披旭色，背上驭金螺。
天蚁牵银线，演绎怡之乐。

胡杨祭

一株胡杨梦千年，落魄荒漠心不甘。
裙色权作祭祀品，埋进黄丘变玉岩。

池边岩苔卧草花

池边岩苔卧草花，哪管小楼已有家。
一株桃绯映碧水，百条银鱼乱如麻。

仙　境

一入西山便清凉，翠绿绯红染霓赏。
无须昭昭人尽意，水已瑶池人已仙。

路边的花

大野流风播香波，横卧板椅口无说。
何处飞来花仙子，愿与路人共捉摸。

天　趣

芭蕉夜雨滴翠绿，盈盈堂前逗雏鸡。
绒绒一团黄金梦，写尽天趣是大奇。

紫葡萄

万里清空大宇明，珠光耀目葡萄丰。
紫气融进无限意，敢向芭蕉抒大浓。

曲茎幽香

小路弯弯通高处，曲茎闲枝结幽香。
好蕾不甘封闭久，偷偷蔓延到南墙。

花　姿

经心滋润白透粉，又似裙色又似唇。
无语时似羞花客，风摇黄蕊亦如嫔。

春　草

春草池边雪皑皑，不问东风来不来。
独有天资赐好处，叶自青翠花自开。

风　烟

中线一分开两界，八十春秋风烟叠。
世事心事成旧事，红罗短裙孵新蝶。

九重春色醉仙桃

伏地鹅掌开新羽，九重春色醉仙桃。
丝纶摩擦慢洗玉，一朝劫持永难逃。

大地枯红

天上碧桃和露种，地上红杏无人栽。
满眼苍茫云遮日，风吹枯草脚边来。

微世界

天高任鸟飞，知微读小虫。
抱紧草一芥，照样舞姿影。

天鹅湖水流不尽

幕布波纹照天光，难辨白昼与夜长。
家中正寝安安好，台上东风弄西窗。
半仰怀里称高艺，聚完灯光聚目光。
天鹅湖水流不尽，鸟饮人酌共欣赏。

醉入花芯

红粉渊底柱头热，不见东风渡海来。
一朝若是巧相遇，醉梦不醒难分开。

珠露与红瓣

微风知心细，不愿下瑶台。
粉瓣正窈窕，欲开似未开。

远村晨景

远村晨晖小桥东，一口浅井照佳影。
三岁小丫吹柳笛，哗哗清流注满桶。

荷塘小调

坤伞荷红两相宜，竹篷扁舟过柳堤。
欲掐一朵相思蕊，烟波浩淼总迷离。

荷塘晚秋

荷塘晚秋人不归，枯叶凋花风萦回。
独见一枝白莲藕，暗向池中觅婉愁。

图　解

一地砂砾一地凉，僵硬石棱筑围墙。
垣壁不高威力大，足使温柔心受伤。

风景在远方

晨烟晓雾荒丘西，一树烟花分高低。
无心难达空灵界，有心无处不迷你。

水中月

竹帘卷钩水生风，两侧不觉草青葱。
池里鱼儿相追逐，月边佳影人清清。

无丝对巨瞻

试问东流水，几朝风雨天？
更衣即换代，频频说人颜。
我却依我心，无丝对巨瞻。

梦里清泉

梦里清泉到野洼，不是安家胜安家。
浸润心脾成良玉，洗尽铅华是最佳。

风雨菱花

雨打菱花知何人，风鼓伞朵水洗心。
不知胸怀何急事，路草飘摇走河滨。

沈北稻田画

春雨着色人裁边，设计时光整一年。
每至八月刚刚好，沈北大地最可观。
但愿仙姿遍地走，水绿天蓝满人间。

春　萌

三月荷塘看靓影，百花丛中最上屏。
出水芙蓉风摇瓣，一片洁白隐郁红。
初涉瑶池萌万念，心倾前方是彩虹。

春天的早晨

时至阳春万物欢，大地深耕人翩翩。
敞开门扉念谁好？瞬息照亮他人眼。

春　韵

水洗香膏赛细泥，指葱开阖绿竹笛。
轻风不及罗纱软，沾花蝴蝶轻扇翼。
小步窗前西施过，不是梦里胜梦里。

《雨巷》续写

雨过天晴小巷明，君去不知何处从。
油纸轻抛蝴蝶泪，一匣细软与谁共？

秀水湾

秀水湾里读画天，彩笔一挥两相间。
绘出天池无限好，更留游思舞翩翩。

荷红曲

春日荷塘似画屏，碧叶相间是粉红。
蜻蜓无须笔来描，落雨成珠自丰莹。
天机点趣成一格，有意无意是大成。

曲径幽香

花红树绿小桥间，蜂飞蝶舞影疏闲。
脚步轻轻人未入，似觉香魂已满天。

冰上傲梅

疾风舞纱罗，玉脂裹寒霜。
温室不需看，一啄梅花香。

苍　穹

路似鹅卵流成河，满天星光比砂多。
两侧山崖成排立，明月如盘向谁说？
此刻人类成虚无，只留时空似穿梭。

小路通往西荷塘

夕阳浓照小楼窗，情系荷塘人慌慌。
小裹薄纱轻舞步，两侧竹枝影如墙。
伫望鱼儿翔水底，蛾眉之下泪两行。

远天仙境

又似烟雨又似纱，隔山隔水两三家。
桨儿击水人影碎，举目天空看暮鸦。
红尘人人争奔梦，远天仙境一幅画。

第二辑

意缠绵

嬉　戏

一树梨花人成仙，王子宫女共戏蝉。
轻挑一朵香雪粉，心思衔在此上边。
山不言语水言语，红莲碧波两相看。

春风不误秋草黄

春怀偎白发，桃红香满沟。
青丝乱垂下，老翁泪横流。
解开兰花领，床帏灯朦胧。
长夜不言语，窗前暗渡风。

即刻风情

风吹河边柳，云绕半山头。
樱红崖上开，蛾眉半苏醒。
伊梦皆吾梦，刚好两相随。

诱　惑

两侧黛墨作画熟，中分香峪琼水流。
乌丝刚好乱心意，蛾眉飞色志在手。
红唇微阖不言语，幽湖深锁是仲秋。

黛玉传情

午风柔柔枫叶红，黛玉深树暗传情。
宝哥钗女忙扑蝶，哪有余心看杏红。
是酸是妒是心苦？全在林阴无人处。

狂欢夜

铜号声声复萦萦，麦克风前秀姿容。
白毛坤扇风软软，射灯如柱烟蒸蒸。
台上台下共狂欢，子时过后皆成空。

修　行

芭蕉叶阔竹叶青，淑装侧畔飘蓝绫。
项钮紧扣盘云鬓，小口啜饮酒半盅。
精装诗书夹签羽，含韵默读不闻声。
静待夕阳落窗纱，起身徐徐影娉婷。

好梦鸳鸯

半盅红酒人慌慌，早更罗衫早上床。
菱花不卸添好梦，满屋粉蝶乱飞香。
频望南窗月影斜，设想痴君开门响。

红罗和剪刀

青青草，大地燎，处处涌水何需桥。
荷叶裙，风中飘，节节莲藕均姣好。
系上红锦是前台，剪断绚结夜吞了。

温柔与刀剑

前面是风景，后面是青铜。
朦胧是诱惑，隐秘是刀锋。
生活本如此，粉红通战争。

春日不觉好

春日不觉好，枝上乱啼鸟。
一朝莺飞去，又说太寂寥。
连连弄娇姿，唯恐兴去了。

图　奴

一缕霞晖照树深，谁家蛾眉暗隐身？
千般娇姿塑美图，唯己知道是伤心。
视频传给天下客，不晓知音是何人。

穿越夜荷花

明月刚好照墙西，一条香溪满细泥。
纱绢几层初撩好，红唇秋波盼相依。
胆敢穿越试一回，难说两人不适宜。

金屋藏娇

天月空寂静，清风暗送凉。
珠帘垂幽闭，阶前花争芳。
手包藏小品，何处见大方？
几度含好梦，无人共划桨。
一日三妆台，日光复月光。

神台安抚曲

风里花尽落，水中空翔天。
白日无月色，蟾宫少姻缘。
安得此神台，红尘不相残。
虽无梦可逐，却保玉身安。
闺蜜多苦口，愿妹成良贤。

贴面游戏

一弯弓月全贴身，玉面朝向却无人。
好梦崭且短安置，哪管彼时泪纷纷。

秋雾迷红

秋雾迷蒙染林梢，一地红叶尚妖娆。
谁将花萼摧枝下？昨夜好梦仍如潮。

晚　餐

烛火幽幽轻笼烟，一桌佳肴一人餐。
红绡半掩蓝田玉，说好三更来怡园，
谁知钟鼓敲心碎，不闻熟声动门环。

快上船

海阔天蓝真晴朗，蜻蜓穿梭野草莽。
荷枪实弹游路定，快上船头快划桨。

慰春词

百朵牡丹貌似同，一夜光临醉不醒。
撷取芳菲慰来日，朝朝如在南阳宫。

兰陵美酒郁金香

兰陵美酒郁金香，玉碗盛来琥珀光。
只缘诸君无慧眼，半下绡香亦不狂。

云锦小酌

——爱河的浪花

蒲草根深遍野花，满天云锦铺流霞。
浓叶丛中闻低语，小口啄红裙衣搭。
只恨天时不尚晚，欲采桃绯韵不踏。

床前明月光

床前明月光，疑是天赐香。
凝神迷仙界，转头思故娘。

新蝴蝶梦

蝴蝶煽翼草丛中，翩翩起舞弄香风。
有形无形迷人眼，有情无情谁说清？

荷池莲藕正丰收

女子弯腰月如钩，倒映潇湘水悠悠。
荷池莲藕好丰嫩，仲秋采撷正时候。

红颜读

额角金丝精心裁，蛾眉淡影绘出来。
口红三饰樱桃色，秋波荡漾水中开。
此刻春心因何事？恍若良宵喜盈怀。

送　行

风大浪高船颠簸，夫君出海多波折。
红唇相印作厚礼，路途遥遥暖心窝。

泪洒烽火台

皓月南天烽火台，千里迢迢探君来。
自古沙场埋忠骨，此别能否再拥怀？
佩剑崖头长相送，泪洒裙裾难离开。

皇帝的新妃

一窗月色照晚香，帝王头上摇金镶。
江山美女何个好？前殿后宫两奔忙。
今夜又添新妃子，日刚偏西已慌慌。

天远人之初

天远秋末万物间，男女兴起壮可观。
一卧苍茫惊岁暮，一悔千年缘此端。

美酒加咖啡

美酒加咖啡，欲醉不能醉。
一杯对饮荷塘水，两杯对饮红烛泪。
三杯对饮风中花，四杯对饮月清辉。
风花水月非属我，床帷香帐我独怜。

玉坠的思念

——微距摄影系列之一

轻卧床头细纱软，玉坠怀中常闻香。
朝朝恍有情人影，不见郎君弄酥狂。

裙色摩擦红酥手

——微距摄影系列之二

一阵新凉一阵兴，无名香风追好梦。
裙色摩擦红酥手，亦真亦幻味无穷。

春心化羽此待飞

——微距摄影系列之三

轻翘兰花指，小捏碧玉簪。
蝴蝶落乌头，蛾眉经心染。
香心细如毫，化羽待翩翩。
一朝台上走，姿色驻人间。

无　题

你用笔作画，我用眼画你。
你脱红尘去，我入红尘里。

岩后藏娇

水洗美人鱼，何君曾陪你？
手弄乌丝粘满露，虚裹红罗半掩体。
今朝羞得香如梦，明宵狂得忘自己。

美女黑猫图

地伏黑猫兽，床卧虞美人。
对视不相解，只因在两界。

柳绿时节

柳绿时节晚风轻，裙裾撩动人不宁。
欲去不知何处好，欲予不晓何处浓。
蛾眉凝注一潭水，是恩是怨是多情？

凝对桃花

一从洗浴上晚床，便见桃花偷窥窗。
是你妒我春颜好？是你笑我秋转黄？
谁给为女一明断，愿以藏红溅满堂。

犬吠空堂

天至拂晓闻犬吠，高堂空寂一人睡。
拥得财富千千万，面前无人拭清泪。

邻里之间

一堵灰墙隔两边，彼此心灵照不宣。
藕臂操杯刚举起，小窗开处已流连。
咖啡酌出啥滋味？枕边思绪总翩翩。

桌台芳洲

一桌台布一芳洲，各有心事逐水流。
杯里同是葡萄酒，滋味各异在心头。

花正姣好月正圆

白玉青烟琥珀光，欲闻香氛到西厢。
黄蕊摇摇无言语，南天月水洒满床。

良宵桃花梦

桃花瓣瓣好，人娴满芬芳。
静夜觅幽路，好梦宜疯长。
今宵何处是？红妆任裁量。

一处屋檐下

一处屋檐两重天，各自忙碌各自闲。
一碗饭里盛几样，苦辣酸甜在里边。
你登台时我尴尬，我安睡时你无眠。

千年之恋

古筝青山对水频，千年难遇一知音。
双腿跪拜天宫月，不知瑶池水多深？
送上一首安魂曲，但愿梦中会情人。

大美惊诧猎人心

百兽之上无敌手，大野荒山任游走。
此日风情偶一见，勇士不知怎下手。
欲去因她太完美，欲施怜她像仙尤。

少女对视老佛爷

金銮殿上坐金床，阶下石板转纱凉。
千头万绪使头痛，宫里宫外角斗忙。
少女不解天皇意，一把玉壶胸中藏。

码头风情

头插翎毛手提罗，碧波荡漾话轻说。
“先生小艇何方去？可否载我到南坨？”
对方无语心由达，手执双桨暗掌舵。

相思桥下

山光水影两缠绵，三尺扁舟对开颜。
羊羔自啃茸茸草，情人窃语到耳边。
红衣压上裙裾角，香风萦绕在身畔。
留取好梦三千尺，如诗如歌如画卷。

今思桥

一卧今思桥，碧水照香绡。
坡岭刚刚下，又凝金丝鸟。
大野风初度，何君知此好？

深深的思念

一过街市万念稠，如何不使上心头？
可恨墙上谁雕画？无端掘堤水涌流。

山门难进红难出

一捻佛珠一捻土，山门难进红难出。
剃去长发毫无数，仍有一丝欲目睹。
闻香难弃韵难舍，每每瞥见玉突兀。

意缠绵

菱花伞，风吹软，项前珍珠过玉山。
为谁意缠绵？
眼前溪水淌，脚下草蓬翻，昨日景象好婵娟。
何时再上演？

谁懂此心

水花轻泻下西流，梧叶风飘落汀州。
无意撷取长相看，细纱滑下人凉透。

人在荒丘

一片黄沙不是丘，人在沙中更渴求。
晨起拨开网一面，谁捞人鱼驾方舟？

玉洗琼浆泪半痕

琼浆红玫沐玉身，难掩蛾眉泪半痕。
水映多少往事梦，流风掠过又伤心。

雨巷快照

春雨淅沥小巷弯，擎伞娉婷门侧边。
思绪满满眼迷离，天欲放晴人不欢。
敢问伊人何处去？是走天路是乘船？

碧波红影

碧水湖畔一点红，凝神青葱观人弄。
孤影长留生落寞，剪来偷放吾心中。

追梦者

谁绽冰花在玉阶？红唇相对目不斜。
识得好梦共追逐，满场人海掌声接。

情　幻

情至痴时人不醒，亦真亦幻两相卿。
伸出玉指可捉花，藏进心中可成梦。
修到何年成正果？南天明月照窗棂。

第三辑

团扇美人

夜深红

春风枝头百鸟鸣，重帏深下是火红。
但见羞花垂无语，不晓床前正心痛。

红绡曲

夜深自锁碧春楼，雕窗画出红绡瘦。
低眉不见夫君面，雁过一声泪下流。

向　海

孩儿入睡猫困顿，一屋委琐装满心。
转头向海举目望，书中哪页懂倩坤？

初寒时节

竹枝摇摇晚风流，人在江边水生愁。
初寒时节多敏感，不觉薄红上肩头。

单相思

铜镜清影两依依，不见春红见泪痕。
夜半突兀起又照，长发短裙好腰身。
小女本无大奢求，为何朝夕守孤魂？

春到浓时

窗外桃绯正渐浓，风弄帘纱见玉容。
葱指无端头上落，闲翻细字语不惊。
春到浓时人慵懒，水到宽时波自平。

无　奈

铁面男君话语迟，女人无奈到极时。
红粉揉尽无功用，一地落英下河池。

情雕意刻女人心

红酥手，轻出岫，美甲点出花香透。
无须说出口。
白云轻，绕山头，飘到三川不再走。
问君留不留？

天　真

夜深红烛花如许，痴心天下总相宜。
不晓渊薮风阴森，误为水浅满眼鱼。

心儿慌慌

半掩虚实一河浪，今姑难忍寂寞凉。
翻开竹坯不成字，欲学南唐地已荒。
作秀此好彼亦好，只剩空零与慌慌。

羞对香幔一颗心

风不说，月不说，何况窗前吊绿萝。
思不见，念不见，因何缘由难谋面？
三更过，五更换，急得玉手搓香幔。
我心你可鉴？

玉楼小夜曲

扭腰身，轻推门，楼下可是心上人？
南天新月剩半轮，窗前微风念知音。
为君守丹心。

观景女郎

居高城郭小，不知何是家。
春心衣罗紧，柳岸又飞花。

一样清风两样情

一样清风两样情，各有心事各有疼。
姐妹闲聚刚散去，团扇旗袍各显灵。

粉底桃花

粉底桃花色正稠，无水滩头白沙鸥。
风起两厢无名火，秋天不到果已熟。

风　沙

一路风沙走西北，看似金山又是水。
风刀无情削百岭，转眼村庄变残横。
面对长天人如蚁，黄土高坡唱悲声。

春　心（三首）

一

夜阑莺啼小楼西，琴韵缭绕春心移。
轻推屏门伫目望，清秀公子手如泥。

二

荷塘细雨罩轻烟，阔叶白藕两不宣。
唯有蜻蜓会心意，悄悄落上红睡莲。

三

旭日霞晖半天来，透视阳春桃花开。
闭目羞见满天紫，神鸟驭得王子来。

妆台少妇

妆台窗晖相映红，裙色香飞好轻盈。
低眉羞向何处看？一江春水暗起风。

候约的女孩

夜已黑，月已明，头上紫花罩朦胧。
晚风吹得心不宁。
裙色浅，脚无萦，时间凝得似铅重。
叫侬等不等？

玉女香魂苦命心

披风轻系带，蛾眉画泪痕。
两鬓垂乌丝，盘头墨如云。
一颗无瑕玉，罩满相思心。

香风无名

三月熏风拭细泥，翠鸟花间暗争啼。
心事无言人有主，今夜香身与谁期？

试　水

绿罗衣，轻提起，岸上婆娑水下泥。
人年少，心好奇，愿以香身试水急。
谁怜惜？

蓝萤照蛾眉

蛾眉微闭小口阖，一朵蓝花似萤火。
与谁从此巧周旋，一溪幽水暗起波。

好梦轻轻

竹枝翠叶扮粉床，绫罗细纱覆玉凉。
蓝花瓷鼓刚好卧，葡萄白梨共闻香。
翻开诗书三五页，早有春梦满闺房。

后　宫

后宫黑夜窃语频，黄顶丝带对宫嫔。
国事家事私密事，统拢怀柔怎知分？
满天雷电不下雨，瓢泼横流是知音。

红床粉梦

南窗明月泻清波，半笼床头画玉卓。
薄纱如云涂红粉，杏靥桃绯又奈何？

修鞋女

一条板凳一颗钉，鞋子开绽腿高擎。
粗人巧手细打点，窈窕淑女正娉婷。

窗前凝思

三月已过漠北春，往事悠悠成旧人。
桃花三绽杨柳畔，红粉阴阴是雨云。
微蹙眉头抬望眼，前路后路雨纷纷。

黄土坡的女人

西北山梁道道黄，女子修身裙飞香。
好梦做过几春秋，风过柳边生忧伤。

题　图

盘紧头上缵，乌发几缕乱。
双穗蓬松下，愁怨结满眼。
读取人间事，远非此简单。

雨　后

楼台疏雨绿可粘，花枝羞涩笼轻烟。
小路浸浸成双对，昨日风情照满眼。

独对江流

长发斜披白脂肩，默对江流风唱晚。
欲向来路觅旧梦，今日良宵与谁欢？
丹凤落下双行泪，暗香浮动哽咽间。

剪　影

艳阳西下照眼明，谁用剪刀绘光影。
一支玫瑰一身娇，无言无语诉衷情。

舞　姿

忽儿云中雀，忽儿水下蛟。
柔时曲如柳，刚时崖上傲。
抚住蛮腰间，两头互妖娆。
飞边莲花起，白藕为谁娇？

丘比特神箭

魔天树上花枝俏，人间凡事皆通晓。
找准心上哀君子，一箭中靶准撂倒。

美庐题照

转瞬流水二十秋，侧畔女子似相熟。

深树百鸟争啼叫，美庐别墅留此图。

人生辗转难预料，相遇相知不可求。

不是厮守皆佳酿，不是距离浆不浓。

留取天星照沃野，留取新姿好如梦。

芳　心

花色轻风影疏摇，长发披肩梳几遭?

欲弄清影给谁看，唯有芳心自知道。

春心骄娇如蝉翼

一江春水映两岸，闺心默看小鱼闲。
此番追逐为何意？不觉芳心又始乱。
春心骄娇如蝉翼，欲使不翻却总翻。

解　读

——旧上海名花风情照

狐皮尾花白，绒毛满春怀。
玉指夹烟枪，飘过红粉腮。
东窗晖光满，不见约人来。
赌定如此做，管它该不该。

月琴好弹口难开

月琴圆圆柳丝长，菱花镜里看霓裳。
字字珠玑传岁久，浮云瞬息成流光。
泪洒红裙痴心见，柔肠百转谁感伤？

锁清泪

拉闭窗帘燃烛红，墨云簪花对屏风。
身披彩凤涂白粉，翩翩歌舞给谁听？
清泪飞洒天鸡看，流水航班两不停。

芳心乱

东窗霞光照紫花，心事萦怀乱如麻。
情丝愈理愈不明，话筒提起又放下。
春蕾开满青枝头，八方渌水可通达。

独上小桥

雨后蓝空照物华，彩蝶飞入百姓家。
蛮腰一扭纸伞开，独上小桥一枝花。

望星空

软榻香帏夜色浓，寂寥无奈数星空。
颗颗都似梦般好，谁为今宵解心痛？

两徘徊

都市归来绪满怀，不晓此去该不该。
卷发长裙垂绿陌，曲径弯弯入心怀。
霓虹草花争纷映，初衷时尚两徘徊。
星光总在初晴后，诱惑紧随寂寞来。

草野情飞

芳原绿野恣意行，春入瑶山碧四空。
风吹红杏心乱舞，无人与我此共同。
流下一滴相思泪，交予黄土交予风。

秋水无奈雨纷纷

窗外人海风飞飞，谁人读懂吾心扉？
狸毛柔软蓝绸紧，秋水无奈雨纷纷。

窥帘女子

旗袍花色塑美身，只恨窗外水伤心。
欲唤烟景到堂前，寂寂三更未响门。
小拨垂帘频窥望，轻扭腰肢半隐人。

怡苑轻愁女人心

碧水青山一字排，仙鹤鸣歌天放白。
姹紫嫣红怡满苑，不晓轻愁何处来。

虚荣酿尽心酸泪

香身太软，裙裾太宽。
山路崎岖，何易登攀？
聊以就次，于心不安。
趋潮赶势，屡屡折帆。

海滩吟唱

大海翻波霞染虹，谁顾滩头小美伶？
香衣卷作凋风瓣，昨日盛景已深缝。

梦断芭蕾

台前锦衣潇洒尽，台后凄切难分开。
幕布一层隔两世，高山深壑紧相挨。

人间彩虹

一条横木几米长，七彩虹云任裁量。
少女香身随梦塑，亦刚亦柔尽曲张。
天上彩虹瞬息去，人间霓痕永留芳。

黄城虞美人

黄土城垣通古今，塑出东方虞美人。
凭借三分羞涩气，醉倒多少有名君。

红羽轻愁

华庭奢帐风无痕，弄尽娇姿无依身。
捡得一支红翎羽，拂唇拂面又拂心。

凄清的贵妇

一席沙发分两边，宠物人颜两不欢。
杯中酒液已啜尽，不见衷君进楼栏。

遗　梦

浮桥摇曳通两岸，曾将你我一线牵。
如今再赴成孤家，不知衷君在何边。

出嫁

满眼荷塘柳叶风，此时景致独不同。
撩起罗帘多几眼，此后无由再泛红。

女人的心思

艳阳薰风满院香，出得门楼心荡漾。
竹篮采得百花好，犹恋一朵手留芳。
谁人读懂女人心？裙裾飘逸秋水长。

自恋情结

白云依山尽，幽红偎水长，
独在河边卧，自弄粉瓣香。

闺中闲情

叶下荫浓草地黄，翠茎伸向书中央。
蝉声喧沸全不觉，卷里人情心慌慌。
农家无事修篱笆，闺中无事闲里忙。

桃香贵自羞

夜深如羞客，灯笼半月花。
无语胜千言，香绡虚予搭。
琼水幽罩雾，蟠桃自弄霞。

懵懂期

烟柳水澄岸曲曲，半坡青草滋新泥。
乌丝垂过白秀岭，不识春潮满眼疑。

青女下河图

夜过三更心难安，起身直奔西河湾。
发带束紧金丝头，一身玉照映深潭。
再向周边探动静，无限好奇胸中翻。

贵美人

满天红云一色新，金驾高翘坐美人。
欲下宝车又矜持，只待侍从相与伦。
一枝桂花风里行，十里长街人昏昏。

采花女郎

葱茏谷，溜溜风，景浓人更浓。
花慎选，种慎挑，色泽韵致最重要。
为谁送上花一束？为谁插柳阳关道？

佳丽自画像

三十二道色，六十四道弯，一池香墨该怎研？
镜花开正好，春蕾枝上繁。
一张宣纸已铺开，教人落笔难。

少女的秘密

春风无道吹河泥，少女无言围一起。
辫子长长话语轻，低头相觑草萋萋。

最是心香读蛾眉

蛾眉入水万丈深，潇湘岸上一美人。
墨发抽丝耕细浪，小口如樱真可心。
国色围成天篱项，满园桃花一杏林。

好梦化蝶过南墙

谁伴晚秋卧在床，香枕粘泪洗霓裳？
乌丝半遮美人眼，好梦化蝶过南墙。

歌女风月天

留声机前过云烟，声声如诉人如蝉。
弄尽骚首为人客，舞尽缃绮讨人欢。
而今时钟成记忆，分分秒秒似水寒。

卸妆的空姐

蓝空展翅欲翩翩，五彩缤纷涂望眼。
入得红尘温旧景，浓妆半卸泪潸然。

筝前无语

一侧坡前飞细雨，一侧枝头绽殷红。
久坐筝前拨不起，心事无语重千重。

奈何桥上独自舞

芭蕾不见天鹅湖，奈何桥上独自舞。
脚尖踮起空首望，伸出玉手无人抒。

女人的心思

东风袅袅泛崇光，香雾空蒙过花墙。
因何君子身边过，是爱红妆非红妆？

闲云野鹤凤池好

闲云野鹤凤池好，明月高悬无人知。
细弄一堂金香玉，从此苑里有人痴。

总留姿色在人间

涉过南河是柳丛，阵雨刚停转西风。
何必非问道从来，只见惆怅与娉婷。

深闺女儿妆

深闺女儿妆，潇湘水下鱼。
半羞半掩色，更让心游移。

九月金风

九月燕子掠稻粱，少女无干弄蝶忙。
何处飞来人不晓，孔雀裙裾没草黄。

名伶花泪

刚下戏楼上红楼，琼浆洗尽好香丘。
浓妆半卸台词妙，又卧床榻念宁侯。
窗外徒有莲居寺，半真半假人是囚。

古城阶的女人

古城阶下走长风，尘土厚积墙镂空。
痴女不甘随俗去，愿以玉身对月明。

御园天仙

东亭御花园，草长莺啼唤。
但见微雨中，天仙悄下凡。
从此行人多，迟步多窥眼。

独坐岩头对古凋

一河流沙几千年，古城凋蚀已如船。
云雾烟蒸重山隐，女子崖头安如禅。
不是妾心太冷漠，而是人生多磨难。

一颗粉心半日闲

一颗粉心半日闲，说是心安非心安。
赶趁无人觅旧处，相对无语话三千。

韵从何来

欲按键盘心不明，欲拨琴弦手不灵。
两岸无端风又起，一江春水始汹涌。
韵是清风梳细柳，韵是高天唱大宏。
安得香玉浸明月，不是心声胜心声。

小鸟啼窗

闲情无意卧沙台，小鸟啼窗何处来？
恰似幽灵驱不去，柳花点水拭春怀。

痴心对荷红

水映弯弯一翠茎，绿盖托起一朵红。
凝视恰如夜中火，又似心中一幽灵。

秋　色

溪水变细草枯黄，风吹芦花唱苍茫。
女子无须再着色，长发横飞已半娘。

春情难耐下小楼

三月飞花柳絮稠，春情难耐下小楼。
青灯流水人幢幢，恰似当年在桥头。

楼台望月

青灯楼台对月明，山重水复隔几层？
难能细字明心语，剪朵云花寄痴情。

白瓷咖啡

白瓷红罗卧其中，每每心痴对饮空。
杯杯咖啡细品味，南天霜月泪盈盈。

春雨夜孤人

春雨潇潇[illegible]篁绿，凤头金钗孤在家。
裙色斜依摇背上，心池流向东南洼。

最是无语细字明

春芽破土两风发，相向惊问怎安家？
最是无语细字明，激流到处无堤坝。

桃蹊深处

轻舞罗衣泪沾巾，弹尽愁怨为何人？
桃蹊深处茵草碧，池塘蛙鼓不见痕。

推　窗

晨推窗棂满朝晖，不晓青山为奉谁。
裙装简束人正好，遥望远天路几回。

人在花窗外

人在花窗外，水在脚底凉。
荷池照倩影，皓月南天上。
谁人可同船？流风自吟唱。

西方莲

一阵西风掠荷塘，粉瓣摇曳洒幽香。
霓裳不再严裹腹，袢带轻盈乱飘荡。
为谁早解香玉璞？为谁花影月上墙？

走出大观园

——黛玉千姿识红颜（之一）

出得观园尽秋寒，一花一木皆可怜。
野风撕扯白罗裙，无人依偎在身边。
玉葱小停白项下，清泪偷偷已注满。

移情诗书

——黛玉千姿识红颜（之二）

红尘物事皆化烟，紧锁蛾眉春不浅。
今生心结全无解，凝眸寄向古人篇。

嵌泪美人图

——黛玉千姿识红颜（之三）

蛾眉深陷百味殊，两粒珍珠谁识出？
乌丝滑下红粉颊，绘出一幅美人图。

蝉翼之心

——黛玉千姿识红颜（之四）

薄薄蝉翼若君心，团扇轻罗暖可馨。
大观园里花万朵，千姿百态宝玉身。
可怜春色迷一鸟，鱼儿泛池水也浑。

灯光疏影总悄然

——黛玉千姿识红颜（之五）

微风拭面平添泪，临窗观鱼心乱翻。
轻摇团扇兰花草，灯光疏影总悄然。

举笔难书

——黛玉千姿识红颜（之六）

云鬓娥眉狼毫笔，难成墨香纸上题。
皆因千思理更乱，南天皓月已偏西。

泪照苍天

——黛玉千姿识红颜（之七）

面对山河万花残，夜阑惊心谁可眠？
何以凝成珍珠泪？问神问鬼问苍天。

病榻前的留恋

——黛玉千姿识红颜（之八）

珠泪映照白垂帘，灯饰残红已黯然。
乌丝乱作草蓬鸟，黄罗半搭玉兰衫。
情思涌作七月海，岸边却无一系船。
今夕也许从此去，化作诗书照人间。

红绿之梦

一叶一花一粘巾，红绿相间水无痕。
兴奋涌怀成旧事，不觉岁月近黄昏。

海滩的足印

大海苍茫一线稠，脚窝深深女人留。
因何痛疾到此步？全无资讯可查求。

挖池容易养鱼难

一束朝晖笼支烟，几度疯狂仍未满。
一池琼浆思养鱼，嗲声嗲气连呼唤。
谁为谁点灶头火？谁为谁摆天堂宴？
一窗月色好欣赏，一种相思很难演。

闲适的早晨

女人忙时两不搭，闲适寂寥品芳华。
对窗凝看枝头鸟，游思流向旁人家。

第四辑

青花瓷

天藏大幽

徐徐久运积大涵，一朝跃下太子岩。
袅袅白雾疑生翅，落入渊底又成潭。
苍山林海传余韵，留取天心在胸间。

琵琶曲

琵琶纤纤两根弦，白脂葱葱欲未弹。
何来满天相思雨？小曲未启裙先沾。

风吹桃花

富春山居满眼图，剪成凤尾人出炉。
修道几代逢盛世，养心养目养诗书。

青溪水木

一头乌绒巧插花，沃土妖娆需安家。
画罗纨扇香云聚，小口羞红正流霞。
青溪水木秦淮韵，胜过王谢六朝夸。

玉手空灵

绢袖柔柔蓄暖风，白玉葱葱藏空灵。
伸手可戏潇湘水，曲指开启三更梦。
彩甲一朵精心绘，变幻莫测韵无穷。

汉唐宫花

汉唐宫花深几重，楼阁庭院水映红。
春光虽是年年好，天子皇朝只一宠，
剩余三百六十日，孤窗寒月对凄清。

白沙亭下暗等船

墨发分两边，金谷罩香烟。
珠链垂玉项，无语暗指蝉。
蛮腰红缠紧，白沙暗等船。

亦真亦假

大海孤舟经年飘，潮涨潮落鱼知道。
一日偶见白浪起，芙蓉出水抱樯樵。
渔公救起心生乱，亦真亦假亦缥缈。

雕　花

风轻盈，人轻盈，冰上雕花看几重？
冰刀锐在刃，风情寄在形。
多少心血方始成！裙色照眼明。

出　宫

清明时节好出宫，绿野芳原恣意行。
春心乱逐杨柳巷，浅水游鱼使人惊。
搔首弄姿趋步去，风摇青草花摇红。
半醉半醒今何是，亦真亦幻是此情。

仙台软风

金钿轻拢覆盈怀，布宫千阶共登台。
幸得瞬间享高梦，哪管明朝委琐来。

汉唐风韵

月挂南天银满台，一缕仙气始飞来。
八方楼阁齐关闭，唯有此处玉洞开。
菱朵默许青花瓷，汉唐风韵今又裁。

石舫抒怀

雕梁画栋几朝间，频频日月屡更烟。
几多才子抒胸襟，每每春风柳翩翩。
浪打船板行不去，只因石舫重千担。

枫叶化石

叶脉荧光遍体红，一场霜风落山中。
千年积淀朝出土，翠玉秋枫两融融。

极致之美

白马王子不入宫，九金公主不册封。
一朝两厢同高技，满目崇光裁红绫。

青花瓷

青花瓷窑久封藏，纹路清新播远香。
一朝露面雕花柜，无语还羞翠微凉。

夜宴图

读罢古书读今书，满汉全席频频出。
而今更胜一筹在，红兜白玉悬珍珠。

紫叶词

心事重重紫衣裘，往情绵绵系在钩。
无名风起叶半卷，欲下珠帘又水流。
黑夜无边何是岸，阴晴圆缺总不熟。

旭光兰花

东窗旭日正晨晖，青花瓷上兰花蕊。
条条叶脉弯如画，欲语还羞只下垂。
谁言春水无去处，两侧青山更翠微。

天演箜篌

天偏鸟飞尽，疾风不再流。
苍苔雕作箱，万屡做箜篌。
无须人弹拨，千山共演奏。

玉　壶

大漠荒滩落日圆，玉壶冰心风纤纤。
难言源头何处是，一缕情丝一缕寒。
真人不见壶不开，举头明月雁归南。

天街小雨润如酥

池深风软渐复苏，柳丝泛绿有似无。
为要粉蝶破茧来，天街小雨润如酥。

望星空

兰陵美酒郁金香，玉碗盛来琥珀光。
今日主人不醉客，天问良知在何方？

静夜思

——同题应答李白五绝

床前明月光，满树结银霜。
不忍再举目，低头理心伤。

一夜南柯梦

兰花领，白纱绫，轻轻覆盖潇湘梦。
乌丝长，金钗重，盘绕雕饰为谁容？
一夜南柯梦。

清纯对古幽

百亩庭中半是苔，小女驾舟幽处来。
古刹长蔓披檐上，不知住人住鬼怪？
欲去探寻真究竟，三分好奇七分哀。

香妃下荷塘

——撩起香纱好看春系列之一

莲花羞阖瓣，鱼惊叶下藏。
皆因香妃到，刚刚下荷塘。
皓皓南天月，相照已无光。

春之伤

——撩起香纱好看春系列之二

风吹桃花瓣，云蒸白膏香。
梦幻已逝去，衣落在西厢。

美中不足

桥头柳丝桥下荷，不见扁舟迎水过。
拱形弯似上弦月，未见罗纱舞秀娥。
万物生机源灵气，美人不在何天国？

春抱琵琶

三月燕子绕雕梁，绿柳红荷人不详。
怀抱琵琶歌声起，清泪滴落白罗裳。

东方韵

一轮窗棂满朝晖，一池香墨细研回。
一身旗袍描淑秀，一部诗文寓意深。
来似熏风飘春柳，去如深夜蟾宫梦。

夜月织锦图

夜月枝鸟共一图，似挂天宫似挂庐，
入得魂灵难忘却，出得魂灵又俗凡。

第五辑

世相百态

世相百态

车上车下各欲求，浅白深红付乱流。
匍匐在地为攀上，戏弄香裘是诸侯。

豪华的遭遇

同是豪华金饰鞍，年代国度各悲欢。
英伦当做崇拜物，九州交警却可管。
始坐难料东风妒，行至南苑已搁浅。

天　问

谁接女皇到如今，机上推车送甜品？
故事适可作修改，不可枭雄成良民。
翻手为云覆手雨，历史拿来做纸巾。

弱红的诘问

吾花何处残？吾人何处蛮？
吾色何不美？吾心何不善？
为何门紧锁？为何路此难？
问天云不语，问地水无言。

长城留影

战旗猎猎壮士歌，黄衫裙色共摩挲。
长城万里载千年，瞬息缘分少也多。
依得长空云托梦，卸下负重轻轻说。
远近疏密天知道，月转星移望银河。

故乡幽梦

雨后脚边绿萦萦，草芽尖尖爬小虫。
黄花漫过南溪水，心中牵出路两绳。
阔叶林里正阴凉，槐花粘满采蜜蜂。
村东大爷探亲归，人未谋面狗先声。

冰上风流

冰天飞舞向凌空，不似楼台小玲珑。
举起花冠付众望，留取香绡在心中。

牧鹅归来

雨后村池平涨水，树草墙边两青葱。
鹅声呱呱连不断，自认家门无须领。
小丫五岁任来往，西岭东滩不陌生。

景区速描

巨龙周边城墙高，难拒香风弄铁爪。
威软黑白成对比，一道霞光始初照。

归　乡

老墙藤蔓下临江，古镇中街百米长。
少小离家三十回，归来旗袍染身香。
两厢注目不相识，万语难言此时光。

逍遥津

一担水，一壶酒，任我踏风满街走。
长裙半折起，披纱结软扣，金发飞瀑任漂流。
我等好自由。

神领大观

难得远方一线天，凝神注目更好看。
近里谁在暗出手，凹处刚好是柔软。
有进有容是大美，博弈当中赏清闲。

看不清的手势

一叶扁舟剪波行，两侧风光愈渐浓。
是曳衷君共前往？是脱缰绳出樊笼？

豪车内的锦绣

时光如梭车轮飞，锦绣无限尽小微。
何日开得大眼界，郑重着装演一回。

矫饰背后

乍起云头乍起风，人海茫茫多迷情。
骑狮未必真强客，矫饰背后是落红。

梢头一只鸟

枯树梢头一只鸟，绿肚红脖真小巧。
敢趁朝时霞满天，向宇一声作长啸。
也许尘世全不闻，此乃于己无干了。

解甲归田

驿路迢迢到暮晚，一窗灯火好熟娴。
孩儿煽炉火正旺，金樽照出娇容颜。
解甲归田松绑日，鸟回山林尽心欢。

繁华的瞬间

乔纱缀满珠光片，排排摄像争向前。
为谁作秀为谁痴？关掉灯火两不见。

玷　污

画上女神属端庄，何人搞笑此疯狂。
一尊美玉从此碎，童心无瑕受创伤。

无题短吟

仙台楼门各自开，出得几许神韵来？
即使完人尽打扮，亦无此般好风采。
惊诧定力何由生，任你东西南北裁。

名门练功

粉帐桌台置墨翰，南天弦月夜微寒。
独守深闺无聊赖，举藕翘指下玉盘。
心计更有心上计，包围解围练攻讦。

采莲梦记

水深下几米，两眼照迷离。
香藕节节好，莹光复白皙。
轻轻拨清波，慢慢洗层泥。
不求急通达，珍享此气息。
天下人不晓，此处真宫宇。

诗歌诞生记

对酒南天月，身畔美人蕉。
桃梨窗前绽，雁阵云上叫。
花瓶插春柳，知音轻弯腰。
此时山与水，相映正交好。

皇家范儿

出得王宫进御园，汗血宝马风轮转。
草坪犇过金之旅，远接高迎众仰观。
转瞬烟云已散尽，江水照映是青山。

赶　海

滑板飞车两溜光，晨起赶海好匆忙。
十里已闻涛声起，水腥鱼腥齐飞扬。

人在旅途

下得车，人不见，大漠流云鸟飞哞。
举目望，天地边，两侧风声砂粒尖。
金发长飘舞，香衣裹腰间，
该有人陪却孤单。
两箱八百重，心思覆万般。

谁比谁任性

——居家生活图之一

我欲静相思，儿子要疯狂。
吾妆刚做好，早已涂鸦墙。
一日三开柜，身上无整装。
欲恨打不得，欲爱太勉强。
谁比谁任性？谁比谁倔强？

我以我心绘图庐

——居家生活图之二

鸟翔白云飘，大地舞青苗。
蘑菇擎阳伞，孩儿躲猫猫。
曲径弯如绳，坡度正适好。
夫婿刚归来，卧姿呈妖娆。
谁为谁开锁？谁给谁引道？

两栖演员

舞台好？河边好？我已两厢走一遭。
头上妆未卸，野渡又落脚。
管她是人还是妖。
有道是：两边班车别误了。

如此歌者

桃花净尽菜花开，韵律不佳肢体来。
狂摇麦克随意扭，音色不达服色在。
音乐本是空灵界，恰似月水洗荷怀。

空中的思绪

匆匆航飞偶闲清，红帽花结正年轻。
弦窗一瞥云万里，似有若无两朦胧。
为谁谋尽云水起？为谁落下花始空？

仲春草阴阴

晨起情娇试水深，黑白荒苑草阴阴。
叶浮嫩绿酒初热，橙切香肥正黄昏。

出此奇绝诚可悲

歪风吹火乱飞灰，春阴夹管乱使笔。
刺痛五纹添弱线，出此奇绝诚可悲。

收获的心痛

雷电疾风满天啸，手下不忍挥镰刀。
日月殷勤常浇灌，细心守护金穗好。
一折一取一岁过，一春一红总撩撩。

回娘家

一路秋光一路香，一个娃儿一个郎。
来时奴婢人孤身，此回圆满见爹娘。

煞风景

有芦风自清，有水天自明。
此时皆无有，全因煞风景。

清玉怨

欲雕和田玉，欲乘天街风。
欲戏清江水，欲做雨后虹。
谁解尔心意？谁助梦成功？

月下小酌

樱桃菠萝咖啡豆，白纱金饰蛾眉秀。
明月清风窗前过，多少秘密能看透。
一切调进浓浆里，苦辣酸甜心中流。

哺　育

夜黑万物无踪影，高处微光见小虫。
饥雏吱吱系母心，半空煽翅对口型。
道通天地有形外，思入人间感念中。

随性是真

天上流云地上风，有路无路正年轻。
衣衫不需着意饰，颜发不需着意弄。
心中有路常鸣响，脚步不止路长青。

英雄救美

大海翻涛扬绿波，芙蓉出水遇帅哥。
不顾船头人安危，粒粒珍珠穿金梭。
一幅救美成佳画，挂予厅堂竞相说。

仙　气

井水深深辘绳长，头戴粗罗着村装。
蓝天绿禾接黄土，仙气昭昭难隐藏。

战　事

——小品雅趣之一

蟑螂披上绿战袍，小鸟展翅如飞刀。
未见胜负难忍俊，心中愁怨已了了。

约　会

——小品雅趣之二

各着裙色共黄昏，阡陌枝端各一轮。
私语人间难知晓，一幅画图皆情韵。

母与子

——小品雅趣之三

春风荷塘一粉苞，鸟雀误做在小巢。
黄芽稚子张开嘴，母喂佳肴儿吃饱。
池边人类亦感动，观景观情赏小巧。

猫咪钓鱼

——小品雅趣之四

水不多，鱼不少，猫咪举竿高高挑。
水花争四溅，鱼儿拼命摇。
一顿好荤腥，今日解馋了。

时　光

蛾眉杏眼盘黑头，两汪春水任意流。
时光转眼雕苍桑，两鬓花白脸起皱。
风月做给何人看，万千感慨心中留。

只为与不同

人来人往各接踵，红尘昭昭求不同。
你乘宝马寻高贵，我坐洋车独一种。
环顾周遭引众望，扭动腰肢弄香风。

无　题

一枝竹荷一阵风，一条游鱼一池清。
一根毫发全无有，一腔虚无一世空。
人生难得来一次，哪部宝典是真经?

妈妈你老了

天已漆黑早上床，女儿三岁好乖张。
搬来镜子照猫猫，口出一言不寻常。
闻听自己颜变老，恰似惊雷轰心房。
恋爱婚嫁刚几春，怎奈荷红始变黄。

金秋幽韵

清流折几道，随意筑汀洲。
一树黄金色，半幅柳阴图。
人迹皆不见，正好鱼相熟。
细读遥远处，似竹亦非竹。

真可惜

一树黄叶向下溪，四面残垣已告急。
唯有中间香且好，可惜无人到这里。

读　报

闲读报纸两三张，瞥见暴徒呈凶狂。
画面勾起昨夜事，顿觉红罗透心凉。
辜负窗外杨柳色，你说冤枉不冤枉？

名画真人两不同

眼神浅许三分乱，面容难言有天真。
翘首不带自然状，人虽少小已年轮。
名画无须稍做作，天赐无邪美无痕。

红粉仙桃

此刻俯仰正当时，满目桃绯惟自痴。
错过仲春无盛雨，一年好景君需记。

相　问

相逢狭道处，疑惑两相生。
人为何事重？鸟因何故轻？
相邻千百载，彼此却不懂。

满眼疑不懂

摇扇月门内，风情几不懂。
满檐琉璃色，回廊院几重。
入室垂帘为密事，半掩虚门人匆匆。
高低不平人前路，世态炎凉后山风。

絮语者

皓皓南天月，习习窗头风。
两侧垂绿柳，一江水溶溶。
谁为谁引路？谁给谁减轻？
唯有局中人，其他皆不清。

男人面前一幅画

男人面前一幅画，春夏秋冬不下架。
调色无须君动笔，有情有为会说话。

画师与模特

雨前初现花间蕊，雨后全无叶底花。
蜂蝶纷纷皆散尽，始为作画不成画。

一抹霞红偷作画

众芳摇落独暄妍，占尽风情看小园。
不觉此时谁共赏，粉蝶满眼舞翩翩。
一抹霞红偷作画，价值连城高过天。

死魂灵

飞瀑前，双跪倒，尽任天水头上浇。
旧我已死去，心愿重祈祷。
从此红尘外，永作野飞鸟。
谁持彩练当空舞
无尽蓝空里，随意舞绸长。
绘出青春美，玉鸟梦霓裳。

因何此伤心

红衣红帽红角裁，丢了何物伤心怀？
白云照样天上飘，青草绿树照样栽。
留住青春好时日，养得黄金好身材。

忆念上海滩

上海滩头道轨寒，两侧霓虹歌舞天。
曾是台上争宠客，一盒饰品价千万。
今日忆起欲重走，湘绣绢衣若当年。

佳人呼唤

东尧山岩水湿湿，佳人为伍永不迟。
玉臂招来千君羡，琼浆无底满瑶池。

烟花小夜曲

早看烟柳晚看霞，偌大城郭不见家。
轻罗小扇常相舞，为让蝉心好放下。
出出进进两不知，时光流水载落花。
待到暮年何为伴？两眼空茫照白发。

饮酒歌

提起雕壶端起杯，背依南墙饮清泪。
一杯献给来时路，两杯献给花凋梅。
三杯献给耳边风，四杯献给雨洗眉。
五杯无名又斟满，管他东西南北谁。

禁锢香身是露台

夜雨瓢泼浪打来，汹涌在心门难开。
奢谈自由系天风，禁锢香身是露台。

葱隙如流

人生几度春秋过，落叶飞英雨难停。
白驹过隙葱如指，屡屡流淌是我红。

天鹅湖水好温馨

天鹅湖水好温馨，荷红飞舞叶荫荫。
脚尖挺出枝头好，天光水色人昏昏。
是梦非梦成佳境，管他来日合与分。

天真无邪

大海扬起雪浪花，滩头玩具可安家。
好奇无心是天趣，纯洁无瑕是奇葩。

天头拾趣

秋末枝头看鹅黄，小鸟一家好和祥。
吃饱相拥互取暖，尚有妈妈哺育忙。

雨中的泥

拉开的抽屉解开的衣，有心无心已无趣，
生活的繁复雨中的泥，已不知晓你是你。
即使给个金元宝，也会当成皮球踢。

秋滋味

一地枯黄叶，两尊冷灰岩。
手包无意侧，秋果滚出来。
刚刚食一口，思绪溢满怀。

洁白的梦幻

——白蝴蝶系列之一

雕花刻在背影上，流水逝于眼前中。
精心妆成宫月兔，看取人间却朦胧。

纱翼之思

——白蝴蝶系列之二

展翅花丛间，收翼寂寞中。
流纱呈百态，谁能独自钟？

白云悠悠天上家

——白蝴蝶系列之三

白云悠悠天上家，梦幻徐徐枕边霞。
游移本是吾秉性，不愿池塘独做蛙。

荷塘幽梦

——白蝴蝶系列之四

霞光斜照叶底花，青草白罗两相搭。
轻抚岩苔一场梦，碧波载我到何家？

幽夜寻梦

幽夜深深雨霏霏，半下红罗发乱垂。
恍然记得昨夜事，似有若无花乱飞。
何时再踏桃蹊径，问天问地还问谁？

妙笔生花

妩媚无须着浓色，春日不必风多说。
默许只须轻点头，一河烟雨梦更多。
狼毫细软谁执笔，欲吐还羞细琢磨。

答友人

几度月下闻莺语，几度春池碧桃红。
惟恨东风软无力，未使香兰初展屏。

漂　泊

氤氲缥缈锁春秋，一前一后过龙沟。
两岸楼幢疑相似，明朝堂前又新生。
为谁胆怯为谁笃？为谁明月为谁风？

世相解读

百步千规共房中，轻闲劳碌有准绳。
窗明几净两修好，领结围裙各守衷。
有声听出韵各异，无声绘出画不同。
有距正是人常态，无距风雨细细听。

礼数面前

礼如空中月，两相各照明。
电话声声急，不见主接听。
相交难相悦，树林总有风。

观　音

菩萨灵光何时有？宝瓶插柳托玉手。
甘霖太少难泽广，青枝太短绿几洲？
浮云观音居天上，念念有词众难收。

世相采撷

狗绳可短亦可长，出得楼栋懒洋洋。
抬腿不晓何处去，只闻宠儿叫汪汪。
偌大清空无亮点，满目繁华不聚光。

面对晨光

举目灯塔看天光，大海无尽雪打浪。
不拘斗室觅小趣，披风洗尘向朝阳。
人来池内一斗水，人去春风又荡漾。
只要人生开一口，必有洪流走河床。

出逃机器人

你也是人，我也是人，为吗将我关进门？
你有自由，我有自由，一朝上路惊大坤。
人也震惊，车也骤停，煞时天高地光明。
从此世界多一景。

凭　栏

浴后山姑凭栏望，浴巾搭在竹横梁。
侧畔枝丫鸣鸟雀，烟尘街市人攘攘。
人未入市心先入，东坪湖水风先响。

秋之变奏

红叶铺地映山黄，秋色足以醉断肠。
画在心中生百感，人在画里不思还。
深秋枝头少啼鸟，仍期弯道遇前娴。

海滩梦

大海沙汀落晚霞，仰天面对一奇葩。
憾事最数梦难圆，红蕊空闲无采家。

小河初涨水

一夜潇潇雨不歇，小丫梦幻总重叠。
晨起推门南堤上，河水涨满柳丝斜。

古戏今演

四面旗子风中翻，胸前挺挺玉梁烟。
顶戴绒球生战气，兰花指里梦翩翩。
求战不战台上戏，真真假假昼夜间。

梦之船

梦之船，浪里间，身卧香榻撑竹竿。
唱起小调动心扉，河水长长哪是站？

名画下凡

突然一阵风，名画人初醒。
纷纷下墙来，车厢乱哄哄。
本来作观赏，如今乱行径。
惊得司机逃，乘客一走空。

时光隧道

一身铠甲几十斤，满眼黄土埋郊邻。
历代衣裳渐次薄，裸光白皙看如今。

无意楼台一幅画

黑夜无涯日无涯，人无依靠心无家。
趁此朝晖时光好，无意楼台一幅画。

感触天然

白云出岫漫天飞，玉米葱中渐势微。
绿叶轻滑白脂软，如梦如幻又回归。

梦起芳洲

水绕葱绿一芳洲，恣意腰身看春稠。
追梦兴许当下起，风雨春秋此是头。

夜半三更小桥头

夜半三更小桥头，桥上青葱水下流。
一支青涩刚入味，罗池荷花风悠悠。
凝视人间啥滋味？亦真亦幻总不休。

海空蓝

海空蓝，沙滩浅，鹭鸟翻飞看鱼鲜。
妆好如入无人境，大野觅食半入禅。

禅　意

轻描一笔淡如烟，重下三分若丝缠。
落墨几点雁飞翼，红粉洒成荷花湾。
读图一梦江南去，回首身心在何边？

在空旷的原野上

天上风月地上情，满眼膏脂夜殊惊。
用尽心力花采蜜，一朵玫瑰今绽红。

祈　福

满眼黄土满眼枯，一缕光辉天上输。
谁来予谁贴额头，从此路上皆是福。
信者自信否者否，无水浇禾米何出？

回　眸

红尘滚滚看人流，貌似纷纭只左右。
唯独童心敢叛逆，看取兴致又回头。

晨　曲

一束晨晖照窗棂，细字香扉映上屏。
梦里春花今又绽，项上珍珠舞翩跹。

笃信者

青岩灰土两不知，春华秋实任交织。
一筒长裙伴日月，一部细字成黄纸。
到底何神能长驻？天上云卷复云舒。

网上迷津

指尖激起千重浪，一线连通天涯边。
温室暖透千秋鸟，幻影情迷难相见。
夜半转头空香枕，浸湿红罗又一片。

创意摄影

暮晚荒郊风飕飕，姊妹双手托排球。
排球为啥不落地？原是夕阳挂山头。

牡丹园听雨

春雨潇潇隔窗棂，欲看牡丹却朦胧。
丝丝牵起多少事，打湿裙裾却无名。

题父女油画

女儿精心覆蝶裙，父笔挥毫自逼真。
默契留下千载画，任凭他人说晨昏。

人在旅途

目望远天境如河，烟波浩渺隔几多。
待到若有醒悟时，万水千山皆已过。

野渡之晨

野渡无踪山色远，碧水宁波池自深。
巧琢乌丝成秀辫，玉柳浑肩几无痕。
留成天姿归大赏，红尘不屑半举颦。

应答《风入窗》

风入窗，似一缕馨香，似三尺霓裳。
恍若回到往时光。
绿柳荷塘，鸭暖花芳，缠绵依傍影双双。
谁个不妒断心肠。
今开屏，清风又光临，不知怎样开启东窗。

乡 愁

村头土阶滋柳芽，两三牛羊几只鸭。
孩儿摇树捡金豆，惊起蝉声叫喧哗。
乡愁有如陈酿酒，愈是日深愈思家。

天外观

云上日头云下雨，天上怎知地泥泞？
遥看万里云花变，不见人间路崎岖。

音画配诗

——有感机器人邓丽君与真人程琳同台演唱

一道风雨一道虹，真真假假谁辨清。
同样穿透人心底，同样眉宇同样情。
从此河流无岸界，从此飘柳可无风。

旷野的风

嚎叫的狮子迷人的身，旷野的疾风不留痕。
作秀的舞者观客的心，羞掩的红襟是留门。
飞天的细雨浸透的土，满眼的葱茏最迷人。

推门举望

天远茅檐陋似囚，侧畔山溪绿如油。
推门举望南山尽，该是何种春心求？